NOTICE

SUR

M. RIGOLLOT

Décédé Directeur de l'Ecole préparatoire de

MÉDECINE ET DE PHARMACIE D'AMIENS,

Lue à la Séance solennelle de rentrée de l'Ecole,

Le 5 novembre 1855,

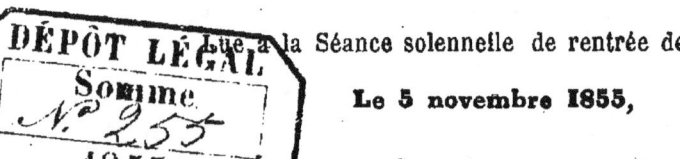

Par M. TAVERNIER,

OFFICIER DE LA LÉGION D'HONNEUR, DIRECTEUR ACTUEL.

❦

AMIENS,

TYPOGRAPHIE D'ALFRED CARON,

rue des Trois-Cailloux, 54.

—

1855

NOTICE

SUR

M. RIGOLLOT,

Décédé Directeur de l'École préparatoire de

MÉDECINE ET DE PHARMACIE D'AMIENS,

Lue à la Séance solennelle de rentrée de l'Ecole,

Le 5 Novembre 1855,

PAR M. TAVERNIER,

OFFICIER DE LA LÉGION D'HONNEUR, DIRECTEUR ACTUEL.

———————•○•———————

MESSIEURS,

A pareil jour, il y a un an, nous avions le pénible devoir de retracer en quelques mots, empreints de tristesse, la douleur ressentie par l'Ecole de Médecine d'Amiens, à l'occasion de la perte récente de l'un de ses membres, enlevé prématurément à la science, qu'il cultivait avec ardeur; à la pratique de la médecine, à laquelle il se livrait avec succès.

Aurions-nous pu prévoir que si peu de temps après, nous serions frappés d'un nouveau malheur dans la personne de notre Directeur ? Il était là, à notre tête, paraissant plein de force et de santé. Cependant il était déjà marqué du sceau fatal, et ses rêves d'avenir devaient s'abîmer dans une tombe, avant la fin de l'année! Le 29 décembre 1854, M. Rigollot avait cessé de vivre!

Si, dans ces circonstances douloureuses, qui ne sont hélas! que les conséquences trop prévues de notre fragile nature, on doit courber la tête, et se résigner aux décrets suprêmes : si, parfois le seul hommage véritablement pieux, qui convienne aux morts, soit un silence respectueux pour dernier adieu, il est pourtant des existences qui ne doivent pas rester closes aux limites rigoureuses de la vie. La faux impitoyable qui en a tranché le fil, n'a pu anéantir du même coup, la trace lumineuse qui a marqué leur utile passage. Ces hommes privilégiés ont cessé de s'appartenir : ils deviennent les guides naturels et sûrs de ceux qui s'engagent dans le sentier épineux, qu'ils ont parcouru avec honneur et talent. Les jalons plantés par ces esprits d'élite, dirigent les pas mal assurés des nouveaux venus, et leurs précieux enseignements, comme des flambeaux toujours allumés éclairent la voie du progrès. Les difficultés surmontées par nos prédécesseurs, forment un fonds solide, une base éprouvée d'opérations, un bras de levier puissant sur lequel s'appuyent les derniers arrivés. S'il fallait toujours défricher le terrain, avant d'y déposer la semence, il serait donné à bien peu de personnes de compter sur une moisson abondante. Honneur donc et reconnaissance aux travail-

leurs intelligents et dévoués, qui nous ont facilité
l'entrée de la carrière ! Ils ont eu à supporter toute
l'ardeur du jour ; ils ont lutté contre les ronces et les
épines, et leurs laborieux efforts sont parvenus à
fertiliser le champ aride de la science ! Honneur à
eux ! Satisfaits d'avoir vu éclore les fleurs, ils lais-
sent à la postérité plus heureuse, le soin moins pénible de cueillir les fruits !

Tel, Messieurs, se présente à nous M. Rigollot :
les nombreuses sociétés auxquelles il appartenait,
ont toutes tenu à grand honneur de le produire comme
exemple aux vrais amis des sciences ; et toutes ont
trouvé avec luxe, des sujets variés pour louer une
existence aussi bien remplie.

Un horoscope, tiré des premiers pas dans la vie de
M. Rigollot, ne lui eût pas été favorable : né faible,
il eût une enfance chétive. et l'on peut affirmer que,
sans les soins éclairés et tendres d'un père dévoué,
cette puissante organisation intellectuelle, qui excite
notre admiration, n'eût pu trouver place dans un
corps aussi débile. Mais une hygiène intelligente
tricmpha d'obstacles innés, et le père patient sut
faire du fils docile, un homme assez robuste pour
supporter plus tard de longues fatigues et de lourds
travaux.

L'éducation paternelle dota M. Rigollot de plus
d'un bienfait. Initié, en jouant, sans dégoût, ni
contrainte, aux premiers éléments des sciences, il se
trouva plus propre qu'un autre à profiter des leçons

données par les écoles centrales ; seule ressource offerte alors à la jeunesse pour son instruction ; établissements nés de la veille, improvisés et élevés à la hâte sur les débris de l'ancienne Université, et avec des éléments échappés à une nouvelle barbarie. Cette époque de transition, succédant à des temps malheureux, ne pouvait présenter un système plus complet d'éducation : la lacune laissée dans l'instruction publique, pendant les orages révolutionnaires, mettait en présence des jeunes gens d'âges trop différens : l'enseignement classique était difficilement approprié à la force des auditeurs, et M. Rigollot l'a dit depuis : l'étude des langues anciennes, telle qu'elle se produisait alors, n'eut pas pour lui l'attrait qu'il lui reconnut plus tard ; mais déjà son esprit exact, son aptitude le portait vers les sciences, dont les leçons paternelles avaient répandu les premiers germes.

Cette douce et vivifiante tutelle ne resta sans doute pas sans influence sur le choix que fit, par la suite, le jeune Rigollot, d'une carrière, que son père honorait, à Amiens, comme homme, et comme praticien. L'École de Médecine de Paris venait d'être reconstituée : M. Rigollot y courut prendre ses grades.

Nous ne le suivrons pas, année par année, dans des études entreprises par goût, et poursuivies avec persévérance et succès. Nous dirons seulement que peu de temps après son arrivée à Paris, nous le voyons, à la suite d'un concours, interne au Val-de-

Grâce, et revêtu du grade de chirurgien-sous-aide-major. Mais il pressent aussitôt les distractions qui l'attendent ! Il mesure l'étendue des devoirs rigoureux que va lui imposer sa nouvelle position : il s'arrête là, et ne pousse pas plus loin ses vues dans la médecine militaire. Sa passion pour l'étude a besoin de plus de liberté, et il revient paisiblement à ses livres. Le temps des épreuves arrivé, M. Rigollot les subit brillamment : il prend le titre de Docteur en Médecine et rentre à Amiens avec l'intention de tenter les chances de la clientèle.

Ce premier essai ne fut pas de longue durée : la France habituée jusqu'alors au succès de ses armes, s'émeut tout-à-coup à la nouvelle saisissante d'un grand désastre. La victoire si fidèle à nos drapeaux semblait abandonner le plus grand capitaine des temps modernes. La catastrophe de Moskou, due à l'arme sauvage de l'incendie, et aux éléments conjurés, avait dispersé ces invincibles légions, que n'avaient pu arrêter dans leur course triomphale, au cœur même de la Russie, toutes les forces de ce vaste empire, refoulées pour la dernière fois, dans une sanglante bataille, si vivement disputée, que le vaincu plus de quarante ans après, et dans un ordre du jour récent, cite encore avec orgueil parmi ses journées de gloire, celle de Borodino !

Il fallait combler le vide de tant de bataillons : une nouvelle armée se formait, qui devait, accablée par le nombre, être repoussée sans cesse d'être victorieuse, et toujours couverte de gloire, disputer pied à pied le sol sacré de la patrie, et ne céder à la fin, que trompée par le langage équivoque d'une capitulation fallacieuse.

M. Rigollot fut requis, et attaché comme Médecin à un corps d'armée. C'est à Dresde qu'il rencontra les nobles débris de la funeste campagne de Russie. C'est à Dresde aussi que commença pour lui une lutte acharnée, inégale, de tous les jours, de tous les instants, contre l'un des plus terribles fléaux des armées ; et c'est à Mayence, à la suite d'une retraite opérée à travers mille dangers ; après avoir tout souffert, qu'épuisé, blessé lui-même sur ce champ de bataille d'un nouveau genre, il lui a fallu abandonner son poste, pour prendre place parmi les malades : il avait gagné le typhus !

Echappé miraculeusement à tant de misères, M. Rigollot rentre dans ses foyers en 1814, avec la conscience d'avoir toujours bien fait son devoir, avec le regret de ne pas avoir fait plus.

Tour à tour, ou simultanément Médecin du dépôt de mendicité, et du Bureau de Bienfaisance pour un quartier de la ville, M. Rigollot semble déterminé à se livrer à la pratique de la Médecine civile.

Bien qu'alors l'art médical comptât, à Amiens, des hommes qui avaient su par des talents éprouvés et par d'honorables antécédents, conquérir l'estime et la confiance publiques, M. Rigollot pouvait, à juste titre, et à l'aide du temps, prendre parmi eux un rang distingué. Mais, soit défaut de persévérance, soit absence de cette secrète et indéfinissable sympathie, qui tend à s'établir entre le client et le médecin ; soit encore la position indépendante, qui lui assurait un honnête patrimoine ; position peu propre à faire surmonter les dégoûts inséparables de tout début en médecine ! Toujours est-il que M. Rigollot n'atteignit jamais sous ce rapport la hauteur où son mérite aurait dû le porter.

Mais si la Médecine civile avait pour lui peu d'attraits, et qu'il se montrât peu disposé à lui sacrifier d'autres goûts, la pratique dans les hôpitaux allait mieux à son caractère. Ce n'était pas l'art en lui-même qu'il n'aimait pas : c'était plutôt le lieu et la manière de l'exercer, qui le rendait à ses yeux pénible ou agréable. Aussi est-ce avec empressement qu'il recherche les fonctions de Médecin ordinaire de l'Hôtel-Dieu, qu'il obtient dans l'année 1821. C'est uniquement sur ce théâtre de prédilection, que M. Rigollot peut être jugé comme Médecin. Praticien attentif et scrupuleux ; observateur réfléchi, M. Rigollot n'avait point d'entraînement subit, et ne voulait être l'esclave d'aucune doctrine. Eclectique, et même un peu sceptique par nature, il ne se passionnait jamais pour une idée nouvelle. Accueillant avec faveur tout progrès dans l'art de guérir, il sut toujours mettre une sage réserve avant de l'adopter définitivement. Appartenant à une époque, où l'anatomie n'avait pas encore pris dans les doctrines mé-

dicales, l'importance qu'on lui a accordée depuis, il
suspectait les relations organiques trop matérielles,
selon lui, sur lesquelles on s'appuyait dans la recherche des causes des maladies, et dans leur loca-
lisation. Il avait plus de goût pour l'abstraction : il
faisait une part plus large au jeu secret de la vie, et
en cela il penchait pour les théories d'Outre-Rhin.
Peut-être aussi, la matière médicale, dont il avait
une connaissance approfondie, lui paraissait-elle un
peu trop négligée par certains auteurs contempo-
rains. Mais consciencieux par-dessus tout, il savait
faire tourner au profit de la Médecine, le trésor iné-
puisable d'observations utiles, commentées dans le
recueillement du cabinet. Il devenait ainsi pour les
élèves qui le suivaient, une mine féconde et variée
de citations instructives, et une source intarissable
de paroles pleines de verve et d'à-propos.

Pendant plus de trente ans M. Rigollot fut attaché
au service des salles militaires de l'Hôtel-Dieu, et
pendant plus de trente ans aussi, il fut l'un des Pro-
fesseurs de cet établissement. Hygiène publique et
privée, matière médicale, histoire naturelle et thé-
rapeutique, quelle que soit la chaire qu'il occupe,
quelle que soit la branche qu'il professe, c'est toujours l'homme de science, d'érudition ; l'esprit péné-
trant et clair dans l'exposition de ses idées, qu'un
auditoire attentif s'empresse d'écouter.

M. Rigollot appartenait à toutes les sociétés sa-
vantes du département, et il se montrait assidu à

leurs séances. Membre du conseil municipal, il trouvait encore le temps de concourir activement aux travaux ingrats de l'administration de la ville; et la mort l'a surpris, très-sérieusement occupé d'une des questions les plus difficiles du moment, sous le rapport de l'application, et dont la solution se fait encore attendre aujourd'hui. Le conseil de salubrité, d'hygiène publique, la Société de Médecine, celle des Antiquaires, l'Académie, toutes en deuil d'une si grande perte, n'oublieront jamais que M. Rigollot était un de leurs membres les plus éminents et les plus zélés. Ajouterons-nous à cette longue liste des Compagnies, dont il était membre titulaire, la liste plus longue encore des Sociétés dont il était le correspondant, et l'on se demandera comment M Rigollot pouvait suffire à tant de travaux.

Cependant l'existence de M. Rigollot embrasse encore un autre horizon. Il était passionné pour les Beaux-Arts, dont il était fin appréciateur, et sans avoir rien produit en ce genre, il vivait par la pensée avec tous les grands maîtres, dont il eût l'idée originale d'écrire l'histoire, en même temps qu'il retraçait celle de l'art, qu'ils avaient cultivé. Son goût pour les médailles et les antiquités de toutes sortes, et de toute origine, le porta à devenir l'un des fondateurs de la Société des Antiquaires de Picardie, à laquelle par enthousiasme, il sacrifia quelque peu ses sœurs aînées, cédant ainsi, à son insu peut-être, à l'attrait de la nouveauté.

Une carrière aussi largement fournie ; tant d'éminentes facultés réunies, et aussi bien employées, ne devaient pas rester sans récompense. Le chef du département d'alors, fidèle interprète en cela de l'opinion publique, sollicita et obtint, pour le Président de la Société des Antiquaires de Picardie, à l'occasion de l'érection de la statue de notre compatriote Du Cange, la plus recherchée, comme la plus flatteuse des distinctions. Bien que reçue aux pieds de l'image du prince de l'érudition, que notre savant collègue avait su si bien apprécier, dans un discours remarquable, la croix d'honneur décernée à M. Rigollot, n'était point le prix spécial des travaux archéologiques de notre vénéré doyen. Les premiers titres à cette haute faveur revenaient de droit au disciple fervent d'Hippocrate. Pour lui, pour nous tous, le médecin débordait l'antiquaire.

C'est ainsi que toujours médecin, et toujours fidèle, dans les circonstances graves de sa vie, au culte de la médecine, il reçoit avec bonheur le titre de Directeur de l'Ecole de Médecine d'Amiens. Mais hélas ! ce fut le complément de ses fonctions publiques : il ne fit que passer comme chef de l'Ecole : une année et quelques mois, voilà la durée de son décanat : à peine le temps nécessaire pour se mettre au courant d'une administration, qui venait d'être profondément modifiée. Aussi à cette occasion, ne pouvons-nous que manifester nos regrets, d'avoir été si brusque-

ment privés d'un guide si éclairé. M. Rigollot, nous
en avons la conviction intime , ne fut pas resté au-
dessous de la mission de confiance qu'il avait reçue
du gouvernement. Pour nous le passé était un sûr
garant de l'avenir, et l'on peut assurer que M. Rigollot aurait employé toutes ses facultés; mis en
œuvre tous ses moyens ; usé de toutes les ressources,
tirées du temps et du dévouement, pour faire prospé-
rer l'établissement, qu'il avait adopté comme son
premier titre de gloire.

Je m'arrête, Messieurs, ou plutôt je suis arrêté par
l'inexorable loi, qui courbe tout sous son inflexible
niveau. M. Rigollot, moissonné subitement, quand sa
famille, ses amis lui donnaient encore tant de beaux
jours, ne saurait être apprécié d'une manière digne
de lui, dans cette courte esquisse. Je n'ai pu avoir la
prétention, dans ces quelques lignes, de faire la bio-
graphie de notre célèbre collaborateur. D'autres et de
plus habiles, nos maîtres et nos guides dans l'art de
peindre, ont su relever ailleurs, avec tous les char-
mes de l'éloquence, les précieuses facultés du penseur
grave, de l'écrivain correct, du bibliophile éclairé, du
numismate patient, de l'antiquaire érudit, de l'acadé-
micien infatigable, de l'homme enfin aux aptitudes si
diverses, et rassemblées dans une seule tête, par une
sorte de prodigalité de la nature.

Pour moi faisant choix d'une tâche plus modeste,
mais non moins intéressante : c'est la vie du médecin,

dans les camps, dans les hôpitaux; celle du professeur; cette vie en un mot, qui nous appartient, pour ainsi dire, que j'ai essayé de présenter ici, pour modèle à nos jeunes auditeurs surtout. Puissé-je en louant le maître, avoir éveillé chez l'élève le désir de l'imiter ! Puissé-je dans les circonstances émouvantes, où nous vivons, en retraçant ce qu'a enduré pour la France, celui que nous regrettons, avoir ajouté quelqu'aliment au feu du patriotisme de ceux qu'il a trop tôt abandonnés dans la carrière ! mais que dis-je ? ce n'est déjà plus un vœu : la génération actuelle est bien la digne fille de celle qui s'écoule. Nos jeunes étudiants ont généreusement répondu à l'appel du gouvernement, et plusieurs d'entr'eux, hier encore sur les bancs, aujourd'hui en Crimée, auront eu, pour début, l'honneur de prêter le secours de notre art aux vainqueurs de Sébastopol !

Messieurs, on pourrait, à la rigueur, ne pas plaindre M. Rigollot ! la fortune l'avait favorisé de ses dons : il jouissait du bonheur domestique : il avait atteint à la plus haute considération dans sa ville natale : sur les confins de la vieillesse, il avait conservé toute la verdeur de l'esprit et de l'imagination ! Que pouvait-il donc lui manquer ? rien pour le vulgaire : beaucoup pour lui... une fleur à sa couronne académique ! M. Rigollot attachait le plus grand prix à voir ses travaux consacrés par le premier corps savant du monde : il ambitionnait le titre de Membre correspondant de l'Institut. Eh ! bien, Messieurs, il l'obtint ce titre tant désiré!!! Mais, comme s'il n'était pas donné à l'homme d'être pleinement satisfait ici-bas, ce fut le dernier jour de sa vie; et c'est sur un cercueil, que fut déposé le glorieux parchemin !

www.ingramcontent.com/pod-product-compliance
Lightning Source LLC
Chambersburg PA
CBHW061448170626
46811CB00005B/2425